رواية

روزا إيلينا

د. جُمان الريحاني

إهداء

إهداء إلى الأساطير والحكايات غير المعقولة

وإلى كل من يؤمن بها ويصدقها ويحب سمعاها أو القراءة عنها

إهداء كل المخلوقات والأشخاص في الأساطير العجيبة والجميلة

جمان الريحاني

قبل عصور وعصور كان هناك في مدينة هوان جو بالصين الشعبية حاكم مريض، وسرعان ما يمرض وكان الفضل في بقاءه على قيد الحياة يعود إلى المعالج شو وعائلته المختصون في فن العلاج، بالعض نعم بالعش إذا كان المعالج يطلب من الشخص الواقف أمامه أن يخبره عما يؤلمه ثم يختار عضوا من جسد المريض ويعضه.

المريض يشعر بتحسن على الفور، أما المعالج فانه لا يشعر بشيء لان عائلة المعالجين كانت تتمتع بأسنان عاجية ماصّة للألم فتزيدها تلك العضة نصوعًا ولمعانًا، وكانت هذه العائلة المنحدرة من عائلة

معالجين معروفين على مرّ الزمان، الذين لهم علم بالأعشاب والطب البديل.

المعالج **شو** لديه زوجة وابن ذو ثمان سنوات وابنة صغرى عمرها حوالي العامين

كل عائلة شو حتى بزوجته التي هي قريبة له من جهة عمّ جده يجيدون العلاج بالعض وابنه أيضا، الطفلة رضيعة لم تكن لديها أسنان بعد ولكن تم التنبؤ لها بمستقبل زاهر وأنها سوف تنقذ العالم يوما ما.

العلاج بالعض لم يكن هينا بل كان المعالج يغمض عينيه فيدرس جسم المريض الذي يقف أمامه، حيث تكون المسافة بينهما حوالي ثلاثة أقدام.

بعد أن يخبر المريض المعالج عما يؤلمه، يتمكن المعالج من خلال إغماضه لعينيه أن يستشعر المرض الموجود في الجسد الذي أمامه، لذا يفضل ابتعاد باقي الأشخاص لأكثر من ستة أقدام عن المعالج.

وتختلف العضّة من حيث عمقها أو خفتها، وكذلك المكان الذي يتم العض فيه وأيضا زمن العضة وان

كانت بالأسنان فقط أو الأسنان والقواطع وإن كانت تستلزم الفم مفتوحا قليلا أو مفتوحا بالكامل.

وتختلف عضة المعالج الطفل عن عضة المعالج البالغ، فالطفل قد يكرر العضة أكثر من مرة بينما لا يحتاج المعالج البالغ لتكرارها أبدا، بل هي مرة واحدة ويرتاح المريض.

أي كان صغيرا أو كبيرا ولا فرق بين مريض رجل أو امرأة أو عجوز أو طفل صغير، يتم الكشف عن المرض بنفس الطريقة ويتم العلاج بنفس الطريقة أيضا.

كان الملك يتلقى العلاج في كل مرة يشعر بأن السم يسري بجسده فيتخلص منه بسرعة فائقة، وبفضل عضة واحدة من المعالج شو، أما بالنسبة للمعالج فقد كانت أسنانه تمتص ذلك السم لكي يمدها بالقوة واللمعان.

ملك مدينة هوان كان يعاني من سرعة المرض وسرعة التعرض للسم، فقد كان محاطا بأناس كلهم يريدون اغتياله ولا يوجد أسهل من شراء ذمم الخدم والطباخين الذين لطالما قطع رؤوسا منهم لاكتشافه خيانتهم.

ولكن هذه العادة بمحاولة اغتياله لم تفارقه منذ أن جلس على العرش وهو ابن الحادية عشر، وفي ذلك الحين كان والد المعالج شو هو المسئول الأول عنه وعن صحته وقد ورث المعالج شو هذه المهمة عن والده بعد وفاته.

ابن أخ الملك أراد الحصول على العرش بأيّ ثمن، وهذا ما جعله لا يتوانى عن محاولات قتله، وقتل كل من يفشل في فعل ذلك.

لقد كان ابن عم الملك والذي يصغر الملك بأكثر من عشرين عاما هو أكثر الطامعين بالسلطة، وأراد بشدة أن يحقق الهدف الذي فشل في تحقيقه الكثيرون.

لقد قطعت رؤوس كل الخونة، وأكثر الخونة كانوا من العائلة المالكة.

أما بالنسبة لابن أخيه فقد كان ذكيا وحاول كسب ثقة الملك وتزج بابنته وأصبح ذراعه الأيمن، حتى لا يثير الشكوك كان يعيش بوجهين.

وجه يواجه به الملك وابنته التي كانت زوجته، ويعبّر به عن حبه للملك وعائلته والامتنان.

ووجه للقتلة المأجورين يعبر به عن مدى حقده على الملك وكل عائلته، ويعبّر عن نيته بتصفية الملك والتخلص منه ومن كل عائلته.

من سوء حظ الملك أنه لم ينجب ولدا ذكرا لكي يمسك العرش من بعده بل كانت كل خلفته بنات فزوّج بناته وأصبح لديه الأحفاد، ولكنه لم يقرر بعد لمن سوف يترك العرش وراءه ولا من سيلبس تاجه بعده.

كانت المحاولات لقتل الملك بواسطة السلاح غير متاحة، ولكن بالنسبة لدسّ السم في الطعام فقد كانت هي أسهل طريقة، رغم أنه دائما ما كان يروح ضحيتها الطباخ أو أحد أعوانه، إذ يقطع رأسه بعد اكتشاف محاولته لقتل الملك أو أحد أفراد أسرته والذي كان مسئولا عن التحقيقات دائما كان ابن أخ الملك والمسئول الأول عن سلامته.

ولكي لا يفتضح أمره كان لا يكمل التحقيق، بل لا يصبر لاكتشاف المترصد، فيقتل الطباع أو أحد العمال المسئول عن تلك الفعلة.

وهذا الأمر كان يثير إعجاب الملك، الذي كان يعتقد بأن ابن أخيه لا يطيق صبرا غيرة على عمه الملك، فيأمر بقتل الشخص الذي يحاول قتل عمه وهذا من شدة حبه له.

في كل مرة كان ابن أخ الملك يضع خطة يعتقد بأنها محكمة، وبأنه سوف يتمكن هذه المرة من الإطاحة بالملك، ولكنه في كل مرة يكتشف بأن خطته كادت أن تتحقق، ولكن للأسف وبمساعدة ذلك المعالج يتمكن من النجاة من ذلك الفخ.

في كل مرة كان المعالج شو يطيح بخطط ابن أخ الملك، وهذا ما جعل هذا الأخير يقرر التخلص من المعالج وبالتالي فإنه سوف يستطيع التخلص من الملك بكل سهولة.

وبعد أن اكتشف ابن أخيه الأمر المهم للتخلص من الملك، والذي يكمن في التخلص من المعالج أصبح لديه الأمل بأنه يتحقق مراده.

ولكي لا يترك المجال للخطأ رسم خطة متينة من أجل قتل المعالج شو، ولكن لم يتم التوقف عند هذه النقطة

فقط بل قرر أن يقتل معه كل أفراد عائلته، حتى لا يبق هناك مجال أمام الملك للعلاج بواسطة أحد أفراده زوجته أو أبناءه.

وفي يوم من أيام العاصفة السوداء والتي لا تحل إلا كل مئة سنة، قرر ابن أخ الملك أنه التوقيت المناسب والمثالي للتخلص من المعالج شو وعائلة.

في تلك الليلة سقط اللصوص على بيت المعالج شو، والذي كان بالقرب من بيت للأيتام.

وعندما سمع حارس الميتم بالأصوات التي تصدر من بيت المعالج شو وقد شعر بأمر مريب، وهو يعلم تماما بأن المعالج شو هو رجل مهم بالنسبة للملك وكذلك عائلته التي كل أفرادها مهمون بالنسبة لكل القرية حتى ابنه الصغيرة التي تنبأ لها والده، (والد الحارس والذي

كان متنبئا بالمستقبل قبل وفاته) بأنّها أهم شخص في عائلة المعالج شو وأنها سوف تنقذ العالم.

سارع الحارس فسمع اللصوص الذين لم يكونوا في الحقيقة لصوصا بل عصابة قتلة أرسلهم ابن أخ الملك لاغتيال المعالج شو وكل فرد من عائله، وان يقطعوا رؤوسهم ويحضروها إليه في المكان الذي ينتظرهم فيه.

أسرع الحارس الذي كان قد ورث عن والده النباهة وسرعة التفكير، والتدبير الجيد، وحسن التصرف، لمساعدة عائلة المساعد شو.

ولكن بعد برهة من التفكير وبعد أن تمكن من معرفة عدد المحاربين والذي كان كبيرا بالإضافة إلى قوتهم

الجسدية، التي لا تضاهيها قوته رغم كونه يجيد فنون
القتال والمصارعة.

لذا وبعد أن فكر وجد بأنه عليه أن ينقذ فقط أحد
الأطفال، للحفاظ على سلالة المعالج شو ومن أجل ذلك
كان الأسهل بالنسبة له إنقاذ الولد، لأن بإمكانه العدو
والجي معه أثناء الهروب.

ثم فكّر وفي إنقاذ الولدين لأنهما آخر طفلين من تلك
العائلة، ثم فكر في إنقاذ الطفلة فقط.

لقد كان إنقاذ الطفلة فقط هو الخيار الأسهل والأنسب، وقد كانت هي العضو الأهم في عائلة المعالج شو خاصة بالنسبة لتنبؤات والده الراحل.

وقد كانت الرضيعة هي الخيار الأسهل لأنه إن تمكن من الدخول خلسة سوف يحملها بين ذراعيه بسهوله، ولن يشعر به أحد ولكن سوف يتم اكتشاف اختفائها لأنه مطلوب منهم إحضار رؤوس كل أفراد العائلة.

وبالتالي سوف يبحثون عنها وإن عثروا عليه سوف يعاقبونه دون شك.

لم يكن التفكير يتطلب منه الوقت الكثير، ولكن كان عليه التفكير في كل خيار، والعقبات والتبعات لكل قرار.

وبعد لحظات دخل الحارس إلى الميتم، ثم خرج وهو يحمل شيئا في حقيبة من القماش وتوجه إلى بيت المعالج، وقد كان يعرف كل مداخل البيت ومخارجه لأن المعالج كان صديقا له.

كان الحارس هو الوحيد الذي يعلم بأن الرضيعة،
ولأن أسنانها في مرحلة النمو فقد كانت هناك طقوس
لنومها، لذا لم تكن في غرفتها بل كانت برفقة المربية،
والتي هي عجوز طاعنة في السّن تجيد العامل مع
الأطفال من عائلة شو الذي ليسوا كباقي الأطفال،
ويعانون كثيرا في مرحلة نمو أسنانهم العاجية.

كانت العجوز تهتم بالصغيرة تطعهما أطعمة غريبة،
وتضع لها بعض الخلطات الطبيعة، تمسح على اللثة
وتعطيها بعض أنواع الأغصان لكي تلعب بها

الصغيرة وتحاول عضها، كل تلك الأسرار والطقوس كانت تخص عائلة المعالج شو فقط.

ولكن الحارس كان قريبا من العائلة منذ طفولته، ويعرف بعض أسرار العائلة الكبرى وليس عائلة شو الصغيرة.

دخل الحارس بخفية وبهدوء إلى الطابق الأسفل حيث كانت غرفة العجوز، وأخذ الرضيعة وترك بدلا منها طفلة كان قد أحضرها من الميتم تقريبا بنفس عمرها، وأخبر العجوز بمدى خطورة الوضع.

تظاهرت العجوز بالنوم العميق وأصبحت تصدر أصوات شخير لكي تنجو بحياتها وبعد أن قضى المحاربون على كل العائلة، وصلوا إلى غرفة العجوز بحثا عن الرضيعة وقد بحثوا في كل البيت.

ولأنهم ممنوع عليهم العودة بأقل عدد من الرؤوس ولأنه مطلوب منهم رؤوس كل أقراد العائلة بعد البحث، وجدوا الرضيعة مع العجوز النائمة فقتلوا الطفلة وأخذوا رأسها، ولم يقربوا من العجوز التي لم تنتبه لهم لأنها نائمة.

أو هذا ما أوهمتهم به ولأنها لم تقف في طريقهم، وليس رأسها مطلوب منهم لذا عفوا، عنها ولم يقربوا منها أبدا، (حتى أنها لم ترهم في نظرهم) فقد دخل أحدهم الغرفة خفية وأخذ الصغيرة، وأغلقوا على العجوز الباب وأكملوا مهمتهم.

أخذ المحاربون الرؤوس إلى ابن أخ الملك الذي شعر بفرح عارم، لقد أحس بأنه قد انتصر في الحرب وليس فقط في المعركة، لقد كان يرى ابن أخ الملك بأن موت المعالج شو يعني موت الملك.

ولن نقذ الملك من حتفه أحد، سوف ينصب له فخ ولن ينجو هذه المرة، هذه المرة سوف يكون السم قاتلا لا محالة ولن يجد من يخرج السم من جسده وهكذا يصبح هو الملك.

أما بالنسبة للحارس الذي كان يجري خوفا منهم ويريد الابتعاد أبعد ما يكون لكي لا يتم القبض عليه والإمساك به، فيكتشف أمره وتعلن خيانته للملك الجديد ويقطع رأسه، لقد كان الحارس قد ورث موهبة جده بالتنبؤ بما سيحصل ولكن بالنسبة له كانت الرؤيا قريبة وليست ممتدة بالمستقبل البعيد.

لذا فإن الحارس وبفضل موهبته، كان يعلم بأن من أرسل المحاربين هو ابن أخ الملك طمعا في الحكم والملك.

كان الحارس يخفي عن الناس بأن له موهبة وبأنه يستطيع التنبؤ بالمستقبل، لأن الكثير من أفراد عائلته قد فقدوا حياتهم لأجل ذلك، لأنهم يتنبئون ويكشفون المؤامرات

ويورطون بعض العصابات والسياسيين، وأيضا يكشفون ويورطون بعض أعضاء العائلة الحاكمة عندما يعتمد عليهم الملوك.

سارع الحارس حتى ابتعد عن المدينة، وخلال مروره بحقل موز وقد كان الجو باردا وازداد هبوب الرياح، فوضع الحقيبة التي بها الرضيعة.

وقطف بعد الموز ولأنها كانت مستيقظة وتصدر صوت للعب "المناغاة" أعطاها موزة لكي تتسلى بها ولا تصدر تلك الأصوات فينتبه لهم أحد.

جلس قليلا أما تلك الفتاة يتأملها والرياح تهب بسرعة وقوة، ثم قام من مكانه وأخذ أوراق من شجر الموز،

كانت الرياح قد اقتلعتها ووضعها فوق الفتاة لكي تقيه من البرد والريح وهو يفكر كثيرا.

كان يقول في نفسه:

ماذا الآن يا **شيرو** لقد كنت دائما نبيها ذكيا ما العمل الآن؟

فكر يا شيرو أنت الآن لست حارسا بل أهم شخص في المملكة، يجب عليك إنقاذ حياة هذه الصغيرة.

لأن جدي كان قد تبا بولادة طفلة من عائلة المعالجين مهمة للعالم، ولم يبق أحد من هذه العائلة ولن ينجب والداها طفلة أخرى بعد الآن.

يا إلهي ما يجب أن افعل؟

فكر الحارس شيرو قليلا ثم تذكر أن بإمكانه استدعاء روح جده الأكبر لكي يطلب منه الإرشاد والمساعدة، خاصة وأن الجو مناسب لوجود كل تلك الرياح التي تساعد الأرواح على الحضور فمن العادة أن يخرج من

يريد استدعاء روج إلى الجبال في الليالي التي تهب فيها الرياح لفعل ذلك.

وبما انه خارج المدينة فلا حاجة لصعود الجبل والريح سوف تساعده بكل تأكيد.

قام الحارس شيرو بالدعاء والخضوع، وإقامة الطقوس المناسبة لذلك الطلب، وركع على ركبتيه باتجاه هبوب الرياح، وراح يطلب ما يريده ويتمتم بكثير من الكلام الذي له فائدته الخاصة.

والذي كان تمائم خاصة بعائلته، والتي تتيح له المساعدة والتواصل مع الأجيال الماضية من عائلته ولكن يتم اللجوء إليها فقط للضرورة القصوى، وإلا تم معاقبة من يفعل ذلك دون أن يكون مضطرا.

كان الحارس شيرو يعرف قوانين تلك الصلوات والأدعية ولم يتجاوزها يوما، ولم يستعملها للفائدة الخاصة رغم بلوغه هذه السن الكبيرة ولكنه كان دائما يحترم تقاليد عائلته ويفتخر بها.

وبعد ساعة قريبا ظهر له جنود من السماء، وسألوه عمّا إذا كانت حاجته ملحة لكي يتم السماح لجده بالحضور، وعندما شرح حاله فجأة تكونت زوبعة صغيرة من تلك العاصفة التي في الجو وظهر له جده الأكبر من كومة الرياح تلك.

بدون مقدمات أخبر الحارس شيرو جده الأكبر بأن هذه الرضيعة التي على الأرض، هي نبوءته من عائلة المعالجين بالبعض وأنها آخر نسلهم لأن ابن أخ الملك قد أمر بقطع رؤوسهم جميعا، وأنه هو من قام بإنقاذ الرضيعة ولكن لا يعلم ماذا يفعل بها.

لم يكن الجد في حاجة إلى الشرح والإطالة في ذكر كل التفاصيل، لأنه كان قادرا بلمسة واحدة أن يعرف كل شيء الماضي الحاضر والمستقبل.

فقد كان الجد الأكبر في حياته يضع يده على الشخص ليكتشف كل شيء، ما حصل وما سيحصل وحتى النوايا والخبايا.

لم يطرح الجد الأكبر أي سؤال على حفيده الحارس شيرو إلا سؤالا لم يكن من أجل المعلومة، بل كان تقريبا مثل المزحة لأنه كان معروف على الجد الذي يعرف كلما سيحدث غدا وكلما سيحدث بعد لآلاف السنين حس الفكاهة والروح المرحة، فقال:

لماذا يبدو شكلك هكذا يا شيرو يبدوا انك قد كبرت في السّن كثيرا، أنت تبدو شيخا طاعنا في السّن هههه.

وأكمل جملته بضحكه بين قهقهة خفيفة، وضحكة صامته، وكأنّه يصمت الضحكة حياء من حفيده أو خوفا على مشاعره.

بعد ذلك وضع الجد الأكبر **شوجيكي** يده على رأس الصغيرة لبضع لحظات، ثم أخذ إحدى الأوراق الكبيرة أوراق الموز التي كانت فوق الصغيرة وقربها إليه.

قام بطيّها كثيرا حتى أصبحت كالقطعة الصغيرة، وقربها إلى فمه وبدأ يقرأ عليها ويقرا لمدة لا تقل عن العشرون دقيقة، وبعد ذلك أعطى لحفيده تلك القطعة الصغيرة،

وأخذ حزاما من وسطه وأعطاه إياه، وقبل أن ينطق حفيده ويسأله عما سيفعله بهذه الأغراض، وضع يده على رأس حفيده قليلا وبدون سابق إنذار اختفى الجد فجأة من هناك.

لم يكن الجد يستشعر مستقبل حفيده بل كان يوصل إليه صورا في مخه من أجل أن يوضح له الخطة والطريقة الصحيحة لتنفيذها، لقد أعطاه بتلك اللمسة كل المعلومات اللازمة والعليمات الدقيقة ثم اختفى وعاد من حيث أتى.

أخذ الحارس شيرو ورقة الموز تلك ووضعها في الحقيبة بجانب الرضيعة والحزام أيضا، وأخذ الحقيبة وأسرع بالخروج من حقل الموز، ومشى مسافة طويلة في تلك الرياح التي تجعل الأمر صعبا.

فهو كأنه يتحارب مع الرياح التي وكأنها تريده أن يرجع إلى الوراء، لأنها كانت تعيد خطة كلما أخذ عدة خطوات.

قطع الحارس شيرو الحقول وصعد باتجاه تلّة قرب الجبال، وعندما وصل إلى هناك تنفس الصعداء لأن ذلك التل كان هو وجهته وهنا سوف تنتهي مهمته ويعود إلى حياته الهادئة.

وضع الحارس شيرو الرضيعة على الأرض والتي كانت هادئة جدا، والغريب أنها منذ أن أخذها من بيت أهلها لم تبكِ بل لم تكن مصدر أي إزعاج كلما ما فعلته أنها كانت تصدر أصوات لعب ومرح، ولكن بعد أن وضع الجد يده على رأسها قد غطت في نوم عميق ولم تصحو أبدا.

الآن جاء دور تنفيذ الخطة التي علمه جده، كان جده قد وجهه دون أن يكلمه، أخذ الحارس تلك القطعة التي صنعها الجد الأكبر من ورقة الموز الكبيرة وفتحها لتصبح كالشرنقة أو كالقماط.

أخذ الحارس شيرو الرضيعة روزا ووضعها
داخل تلك الشرنقة من ورق الموز، وأخذ من نبتة
كانت بجانبه غصنا، كان رفيعا ومدبب الرأس، وجعل
به ثقوبا في تلك الشرنقة، وأدخل الحزام الذي كان قد
أعطاه إياه جده وأخاط الشرنقة على الطفلة حتى لم يعد
يظهر منها شيء.

وأما بالنسبة للجزء الذي تبقى من الحزام لأنه كان
طويلا فقد لفه حول الشرنقة بأكملها.

بعد ذلك جاء دور الجزء الثاني من الخطة، والذي كان الأهم والأصعب، جلس الحارس شيرو على ركبتيه، واتجه في جلوسه إلى ذلك **المقام** المقدس على التلّ وراح يسجد ويدعو، يسجد ويدعو لما لا يقل عن ساعة كاملة والرضيعة موضوعة أمامه بينه وبين **المقام.**

وفجأة خرج له رجل من ذلك المقام وكأن الرجل قد خرج من نور لأنه كان يشع منه ضوء أبيض.

كان الرجل يلبس لباسا أبيضا وبيده عصا وله لحية بيضاء طويلة تصل إلى الأرض ولا شعر له، أعطاه الرجل الصامت الحكيم شيئا في يده واختفى.

عندما اختفى ذلك الرجل قام الحارس بحفر حفرة عميقة جدا وهو يتمتم ويقرأ يعص القراءات، وعندما وصلت الحفرة العمق المناسب والذي تجاوز ثلاثة أقدام، ثم وضع الرضيعة بالداخل، ووضع فوقها بعض التراب ثم وضع تلك البذرة التي أعطاه إياها الرجل الصالح وأغلق الحفرة بوضع التراب حتى استوت مع الأرض.

بقي الحارس شيرو هناك حتى هدأت العاصفة بعد طلوع الشمس، وهو عاكف على الصلاة والدعاء، واستمر فيما هو عليه حتى غابت الشمس مرة أخرى.

وعندما انقضى الليل وأصبح في نفس وقت قدومه ليلة البارحة، أي بعد مرور 24 ساعة استطاع الحارس شيرو التوقف عن الصلاة والدعاء، وفُك أسره وصار بإمكانه نزول التل والعودة إلى بيته.

لقد انتهت مهمته التي كانت صعبة جدا ويلزمها الصبر والقوة والشجاعة، والآن أمامه مسافة كبيرة لكي يقطعها من أجل العودة إلى المدينة إلى بيته، ولكنه كان منهك القوى غير قادر على المشي.

تذكر بأنه بجانب نهر الشفاء وهو نهر مبارك يذهب إليه كل من يشعر بأنه مصاب بعلة ما، فقرر التوجه إلى هناك ليغترف شربة لعله يصبح أقوى.

وعندما وصل أغرته المياه فاستحم هناك وغسل وجهه ليشعر بقوة هائلة.

وفجأة وبينما هو يغطس تحت المياه، حتى تهيأ له بأنه قد رأى جده يأمر بأخذ بعض الماء ليسقي به التراب الذي فوق الرضيعة والبذرة.

فعل ما أمر به وقد أصبح في كامل قوته، وأخذ حفنة من المياه في ورقة وضعها داخل جذر شجرة، الذي أصبح وكأنه إناء لتلك الورقة وسقى التراب.

وقبل أن يهم بالمغادرة سمع شيئا وشعر بهزة تحت رجليه وكأنه زلزال خفيف.

حدث الأمر أكثر من مرة، ولم يستطع الحارس شيرو أن يفهم حقيقة ما يجري.

وبعد برهة من الزمن انشقت الأرض وخرجت من تلك التربة نبتة صغيرة، يبدو أنها البذرة قد أنبتت ولكن هذه معجزة حقا أنها بذرة مباركة قد انبتت في وقت قياسي.

بعد أن رأى الحارس شيرو تلك النبتة عرف الأمر وفهم القصة، هذه النبتة مصيرها أن تصبح شجرة وهي راعية الرضيعة روزا إيلينا.

كانت الشجرة تكبر يوما بعد يوم والناس يدعونها بالشجرة المباركة نسبة للمقام الذي نم بجانبه لأن سرها لم يكن يعرفه أحد سوى الحارس شيرو.

بالفعل تم اغتيال الملك ولم يستطع أحد أن يكتشف من قام بقتله لأن ابن أخيه قد حقق في الأمر وكالعادة قام بإعدام كل المتورطين والمشتبه بهم قبل نهاية التحقيق معهم حزما على عمله وانتقاما له.

تولى ابن أخ الملك الحكم وأخيرا أصبح ملكا، وتحقق حلمه بعد سنوات عديدة، ولم يكن ليصبح ملكا لولا أن قتل عائلة المعالج شو وكل أفراد عائلته.

وبدأ أفراد عائلة الملك السابق يختفون واحدا تلو الآخر، منهم من تم اتهامه بالحياة، ومنهم من تم اتهامه بالفساد فزج بهم في السجن، ومنهم من أعدم وقطع رأسه، ومنهم من اختفى بدون أثر له.

لقد اكتسب الحارس شيرو موهبة جديدة، وأصبح له عمل آخر رغما عنه لأنه لا يستطيع الاحتفاظ بالمعلومة لنفسه دون أن يفيد غيره.

أصبح يجيد التعامل مع الأعشاب بل وينصح بك نوع لعلاج مرض معين، وهذا ما اعتبرته المدينة نعمة فقد اكتسبت معالجا بعد رحيل المعالج شو.

وعائلته بتلك الطريقة المأساوية، وسرّ اغتيالهم قد بقي سرا إلى الأبد، ولم يعلم أي أحد الحقيقة سوى الحارس شيرو، الذي احتفظ بالسرّ حتى وفاته.

وقد طلب أن يتم نفث رفاته عند تلك الشجرة التي كبرت بوقت قياسي، وأصبحت شجرة كرز كبيرة جدا وكان عمرها

لقد كانت الشجرة ضخمة وكأنها ليست شجرة كرز ولكن كان لها أزهار الكرز وبدون ثمار، كانت الشجرة مزهرة موسمين وتسقط أزهارها المباركة لموسمين، لقد كانت أزهارها تستعمل للزينة وللعبادة وأيضا كانت تجفف وتطحن وتصنع منها علاجات وأدوية وأيضا مستحضرات تجميل.

كانت تلك الشجرة شجرة غريبة ولكنها كانت مباركة بشهادة الجميع لأنها تحمل العلاج، ومن يزورها يحصل على المباركة ومن يجلس تحتها يشعر بالراحة

والتعافي من أي مرض وينعم بالهدوء والراحة النفسية، لقد كان للشجرة طاقة كبيرة في علاج الأمراض النفسية المختلفة.

وبعد مرور آلاف السنين، وفي مدينة نيويورك في حديقة سنترال بارك بالتحديد

عام 2025

وفي يوم لا يأتي إلا بعد ألاف سنة حل يوم ليس كباقي الأيام، يوم غريب عجيب، والجو غائم والسماء ملبدة، وأعلنت حالة الطوارئ في المدينة، وتم بث نشرة استعجاليه باحتمال هبوب عاصفة قوية.

لذا يمنع خروج السفن والقوارب وتم تأجيل رحلات جوية، وتم تقديم نصيحة للناس أنه من الأفضل الالتزام بالبقاء في البيوت.

طوال ذلك المساء كانت الشوارع شبه خالية، والمدن
كأنها مهجورة والرياح شديدة والأصوات تصدر من
كل مكان، أصوات الرياح بين الأشجار وبين البنايات
أصوات وصفير يجعل الجو مخيف.

قبل هذا الوقت بفترة تم استيراد بعض الأشجار الجديدة، التي تم وضعها في حديقة سنترال بارك، من بين هذه الأشجار شجرة اشتهرت بمنظرها الخلاب، وشكلها الجميل، شجرة كان قد أطلق عليها اسم قوس قزح الأزهار.

كانت الشجرة تتميز بألوان الأزهار التي تنمو عليها، باللون الأبيض والوردي الفاتح والوردي الغامق، والبنفسجي والأحمر والأبيض المائل إلى الأصفر والبرتقالي والأزرق الفاتح و.....

ولكن الأزهار وبعد فترة تتساقط، ولا تنبت مكانها أية
ثمار.

52

الشجرة تستمر بشكلها الجميل لمدة شهرين، وأحيانا
تنمو عليها أزهار بأكثر من لون وتستمر تمتع
الناظرين إليها، بمنظرها الجذاب، والرائحة الزكية،
التي تنبع من الأزهار فقط كانت لها نسائمها الخاصة.

نمت إحدى تلك الأشجار بسرعة غريبة، لدرجة أنها فجأة أصبحت هناك شجرة ناضجة بنموها الكامل في الحديقة بينما ماتت كل الأشجار الأخرى.

وتمت إعادة زراعة أشجار مثيلة لها ولكن بدون جدوى، كانت تلك الشجرة نمو وتزيد في النمو والمحاولات الأخرى بغرس أشجار مثيلة لها لا تنجح حتى فقد المسئولون عن زراعة الأشجار في الحديقة الأمل منها.

وألغيت فكرة غرس شجرة أخرى مثلها واعبروا بأن غرس هذا النوع لا يصلح على لك التربة، أما بالنسبة للشجرة التي نمت اعتبروها طفرة أو ضربة حظ.

اقتلعت العاصفة في تلك الليلة العديد من الأشجار القوية والمتينة، وفي اليوم التالي وبعد ليلة عاصفة كبيرة أصبحت المدينة منهكة ومتعبة من الرياح الشديدة.

في مساء اليوم التالي وبعد أن قام العمال بتنظيف المدينة، والشوارع وخاصة الحدائق التي كانت أكثر ضررا، خرج الناس إلى الشوارع لمتابعة حياتهم العادية ومزاولة أعمالهم.

كان هناك بعض الأشخاص الذين كان لديهم أسلوبهم في الحياة، ومن هؤلاء كانت السيدة كأثرين وهي امرأة كبيرة السّن تعيش لوحدها في بيت كبير، ولديها قطعة تؤنس وحدتها، تطلق عليها اسم ليليس سوزارس إنها قطتها التي تعتبرها ملكة تدللها وتكثر دلعها.

كانت السيدة كاثرين تخرج كل يومين إلى الحديقة القريبة من بيتها، تبعد بضع بنايات حيث تحب أن تتمشى باتجاه الحديقة ذهابا وإيابا.

كانت السيدة كاثرين تذهب إلى الحديقة، برفقة قطتها ليليس سوزارس وتأخذ معها كتابها المفضل.

لقد كانت تحب هذه الكاتبة منذ أن كانت طفلة صغيرة، ومازالت تحتفظ بالكتب التي اشترتها لها والدتها في زيارة لهما إلى بريطانيا فقد كانت والدتها بريطانية، الكتب أصبحت قديمة ولكن روح الحكايات فيها مازالت يافعة مليئة بروح المغامرة.

السيدة كاثرين تحب أن تقرأ القصص العجيبة لقطتها التي ربما أصبحت تحفظها، ولكنها لا تظهر لسيدتها بأنها تشعر بالملل بل تهدأ وتصدر صوتا بأنها تحب ذلك المكان الذي تنام فيه، حتى تغط في نوم جميل.

كانت الأوقات التي تقضيها السيدة كاثرين في الحديقة بعيدا عن روتين البيت هي أوقاتها المفضلة.

لذا كان التوجه إلى الحديقة بالنسبة إليها أمرا بالغ الأهمية لأنه يمدها بالراحة.

وبالرغم من هبوب تلك العاصفة، إلا وأنه كما عاد الناس لمزاولة حياتهم الطبيعية خرجت السيدة كاثرين باتجاه الحديقة، لتقضي يوما كالأيام المميزة التي تحبها كثيرا بين الأشجار، وصوت العصافير ونسمات الهواء العليل.

كان للسيدة كاثرين مقعدها الخاص في الحديقة، والذي لم يصدف أن وجدت أحدا يجلس عليه، الحديقة بها مقاعد كثيرة ولكن كاثرين لا تفضل غير ذلك المقعد بالذات والذي لها معه ذكريات كثيرة على مر سنوات عديدة.

دخلت السيدة كاثرين الحديقة وبينما هي متوجهة إلى المكان حيث مقعدها رأت من بعيد، وكأن شخصا ما يجلس عليه، أو بالأحرى من بعيد وكأن هناك فتاة نائمة على المقعد لقد كان شعرها منسدلا على المقعد وبشرتها البيضاء تشع من بعيد.

لقد انتاب السيدة كاثرين شعور بالانزعاج والغضب،
وأرادت في داخلها أن تسرع باتجاه مقعدها وأن تطرد
تلك الفتاة المتطفلة، وأن تحذرها بعدم الجلوس هناك
رغم أن هذا كان غير منطقي، ولم تكن لتفعل ذلك حقا.

عندما وصلت السيدة كاثرين إلى المقعد شعرت بالشفقة على الفتاة التي كانت أشبه بطفلة خائفة متشردة، لها شعر ملون وتلبس فستانا خفيفا جدا من قماش اخضر غامق اللون، حافية القدمين.

شعرت السيدة كاثرين بالأسى على تلك الطفلة لقد أطلقت عليها لقب الطفلة المسكينة، اعتقدت بأن الفتاة متشردة وقد كانت تغط في نوم عميق، لم يكن المقعد بعيدا عن تلك الشجرة الضخمة شجرة قوس قزح.

بالضبط وراء المقعد بحوالي تسعة أقدام، وكانت عندما تزهر أزهارها تطلق بديع العطور والروائح.

لم تكن الشجرة متفتحة الأزهار الأسبوع الماضي عندما جاءت كاثرين إلى الحديقة، ولكن الأزهار كانت متفتحة ومعبقة بالروائح بديهة الألوان هذا اليوم على عكس باقي الأشجار، التي أصبحت بحالة سيئة جراء ما حدث لها بفعل رياح العاصفة ليلة البارحة.

كان أمر الحالة التي أصبحت فيها الشجرة غريب، ولكن الشجرة في حد ذاتها كانت غريبة من كل النواحي فهي تبدو أكبر عمرا من كل الأشجار في الحديقة تقريبا، رغم أنها في الحقيقة لم تكن الأكبر عمرا.

عندما نظرت السيدة كاثرين التي جلست على مقعد مقابل لمقعدها، في انتظار استيقاظ الطفلة المسكينة إلى الشجرة قوس قزح التي كانت وراء مقعدها مقابل لها

حيث تجلس الآن لم تلاحظ فقط جمال الشجرة اليوم، بل لاحظت أن هناك شبه بين الشجرة المشعّة والطفلة المسكينة النائمة على مقعدها.

كان شعر الطفلة المسكينة ملونا بألوان تشبه ألوان الأزهار على الشجرة، وفستانها يشبه جذع الشجرة

الذي يميل إلى اللون الأخضر نسبة لأعشاب صغيرة نمت فوقه مع بعض العسل أو العلك اللوبان الذي ينمو على جذوع الأشجار.

نظرت السيدة كاثرين إليهما بإعجاب ثم ابتسمت وقالت:

وكأن الطفلة المسكينة هي ابنة تلك الشجرة، يا لهي كم تشبهها.

بعد بضع دقائق استفاقت الفتاة من نومها وقد كانت غافية على الكرسي وكأنها ملاك جميل.

عندما استيقظت تلفتت هنا وهناك، يمينا وشمالا، وقد كانت ترتعد قليلا وتشعر ببعض الخوف.

وبعد ذلك هرعت إلى الشجرة واختبأت وراءها.

كانت السيدة كاثرين تراقب الفتاة المرتبكة فتوجهت إلى مقعدها وجلست عليه، لم تكن معتدلة الجلوس لأنها

كانت تريد أن تراقب الفتاة التي كانت بجانب الشجرة التي هي وراء المقعد.

عندما وضعت السيدة كاثرين سلة القط خرج منها وكأنها السيدة كاثرين هي من طلبت منه فعل ما فعل.

لقد توجه قطها إلى الفتاة التي لم تكن بعيدة عنه كثيرا وراح يلعب معها ويحاول التقرب منها.

بعد بعض الوقت، وبعد أن كانت الفتاة جامدة في تصرفاتها مع القط، جلست على الأرض، ووضعت يدها عليه وشعرت ببعض الأمان.

أخذت السيدة كاثرين بعض الطعام، ونادت على
قطها انه يبدو انه وقت طعامه فعاد إليها مسرعا، ثم أخذت
شطيرة وقسمتها نصفين وقضمت نصفه ثم نظرت إلى
الفتاة التي كان يبدو عليها الجوع وأشارت إليها بنصف
الشطيرة الآخر، وقالت لها:

هل تريدين؟

تعالي.. لا تخافي يمكنك أخذه يبدو أنك تشعرين
بالجوع.

تقدمت إليها الفتاة، وهي في خوف من التعامل مع السيد ثم أخذت نصف الشطيرة بسرعة، وجلست على الطرف الآخر من المقعد وأكلت الشطيرة.

لم يكن الطعام كثيرا ولكنه كان كافيا لسد الجوع.

في تلك اللحظة..، جاء رجل إلى السيدة كاثرين ألقى عليها التحية.. ثم قال لها:

أنظري لقد جرحت، وأنا أتألم، لقد كان متشردا تعرفه السيدة كاثرين من الحديقة، وكانت تأتيه ببعض الطعام وتتبادل معه بعض أطراف الحديث.

قامت الفتاة فجأة وبعد أن رأت الدماء تسيل من ذراع الرجل، وتوجهت إلى الشجرة التي كانت تختبئ وراءها، اعتقدت السيدة كاثرين بأن الفتاة قد تضايقت من منظر الدماء وذهبت لكي تستفرغ.

ولكن الفتاة التي بدت وكأنها أخذت ورقة من تحت الشجرة التي تنمو بجانبها بعض الأعشاب المختلفة، وقامت يمضغها ثم أحضرتها للرجل.

وطلبت منه أن يدعها تضعها له على ذراعه وهي تتكلم بالإشارة فقط.

لم يكن لدى الرجل أي اعتراض لأنه كان يريد أن يتخلص من الألم الذي كان يشعر به، وبالفعل بمجرد أن وضعت ذلك الخليط على ذراعه حتى تنهد وقالت للسيدة كاثرين شكرا لك ولهذه الفتاة أنا فعلا اشعر بتحسن.

استغربت السيدة كاثرين من قدرة الفتاة على العلاج

ولأن الفتاة كانت تظهر بمظهر المتشردة شعرت السيدة كاثرين بأنه لا مكان تذهب إليه فسألتها وأجابتها الفتاة فقط بالإشارة، كانت تحاول نطق الكلمات ولكنها لم تكن تستطيع فعل ذلك بشكل جيد.

أخبرتها الفتاة بأنه تعيش في الشجرة أو أمرا من هذا القبيل ولكن السيدة كاثرين علمت بأنه لا مأوى لها، ولأن السيدة كاثرين تمتلك بيتا كبيرا تعيش فيه لوحدها بل وأنها كانت قد أجرت غرفتين لرجل وشاب، فقد قررت أن تأخذ الفتاة إلى بيتها وأن تعتني بها.

وعندما أخبرتها بأنه عليها الذهاب معها في البداية رفضت الفتاة وأسرعت إلى الشجرة، وراحت تحضنها وتمسك بها لكن السيدة كاثرين كانت تعرف كيف تحاول طفلا، وقد شعرت بأن تلك الفتاة الشابة ما هي إلا طفلة صغيرة.

اقتنعت الفتاة وأرادت المغادرة معها، بعد أن أخبرتها السيدة كاثرين بأنها سوف تجلبها إلى الحديقة لرؤية الشجرة كل أسبوع، كما كانت تفعل في العادة (مرتين كل أسبوع)

سألت السيدة كاثرين الفتاة عن اسمها فراحت الفتاة
تشرح لها بالإشارة اسمها، فكانت تقول لها السيدة
كاثرين:

اسمك ....

فتجيبها الفتاة بلا..

تقول السيدة كاثرين:

اسمك سيلينا ؟

فتجيبها الفتاة بلا..

وهكذا حتى عددت لها السيدة كاثرين كل الأسماء التالية: آستر، روسيل، سيريا

كانت الفتاة قد أخبرتها بأن اسمها من شطرين ففهمت السيدة كاثرين الجزء الثاني سريعا، لأن الفتاة قد توجهت إلى زهرة ووقفت بجانبها، وابتسمت فقالت لها السيدة كاثرين:

هل تقصدين روز ولكن الفتاة كانت تشير إلى أن اسمها لم ينتهي، فعلمت بعد عناء بالطبع السيدة كاثرين بأنه روزا وليس روز.

وفي آخر المطاف لجأت الفتاة إلى الأرض وكتبت على التراب اسمها بالكامل، ولكن كانت الكتابة اللغة الصينية وهذا ما جعل السيدة كاثرين تعجز عن قراءته.

عادت السيدة كاثرين والفتاة وقطتها إلى البيت وقد
كانت بعيدة جدا، لأنها كانت تعتبر عن اهتمامها بهذه
الفتاة هو أمر مهم، وهدف جيّد للحياة بل العيش بلا
مسعى.

لقد كانت سعيدة جدا لأنها سوف تملأ وقت فراغها
بالاعتناء بها، فالفتاة لا أحد لها وهي تائهة في
الشوارع.

لم تكن السيدة كاثرين مهتمة بالبحت عن أهل الفتاة
مقلا أو البحث في أصلها وفصلها، بل كانت تريد

التملك بها، ليس بصورة سيئة بل من أجل الاعتناء بها وتبنيها.

وهكذا وصلت السيدة كاثرين إلى بيتها فدخلت ثم طلبت من الفتاة الدخول وهي تناديها روزا، لأنه الجزء الذي عرفته من اسمها.

دخلت الفتاة حافية القدمين، وهي تتقدم بخطى متوترة فقد كانت تشعر بالخوف والتوتر.

ثم توجهتا إلى المطبخ وقدمت لها بعض الطعام والشراب، فدخل من الباب شاب وسيم فخافت الفتاة وتراجعت بضع خطوات إلى الوراء، ولكن السيدة كاثرين عرفتها عليه، وأخبرتها بأنه يسكن هنا في البيت ولا داعي للخوف فهو ليس بغريب.

بعد ذلك سألها الشاب عن قصة الفتاة الجميلة التي كانت أقرب إلى المتشردين من حيث شكلها، فتذكرت السيدة كاثرين بأنه يدرس تاريخ أمم آسيا، فقالت:

آه.. لقد تذكرت يا مارك أنت تفهم اللغة الصينية أو اليابانية، لا أدري فهل يمكنك أنت تقول لي ما اسم هذه الفتاة، لقد كتبته لي سابقا على تراب الحديقة ولم استطع قراءته.

فضحك وقال لها:

طبعا يمكنني فعل ذلك إن كانت حقا الفتاة تستطيع الكتابة، ولكنه عندما وضع أمامها ورقة وقلم لم تفهم ما يوجد أمامها، ولم تستطع أن تحمل القلم بيدها أو أن تكتب به رغم أن مارك قد حاول أن يعلمها فعل ذلك.

وبعد عدة محاولات راء مارك بما أن الفتاة استطاعت أن تكتب على التراب، فهي تستطيع أن تكتب على أي سطح فافرغ زجاجة الأرز وقالت لها:

يمكنك الكتابة هكذا وكتب لها كلمات على الأرز بإصبعه.

في البداية تشتت تفكير الفتاة، وأخذت حفنة من الأرز يبدو أنها كانت تحب أكله كثيرا، فأكلت منه ولكن مارك منعها من فعل ذلك واخبرها بأنه سوف يطهوه لها لكي تأكل فيما بعد.

كتبت الفتاة اسمها فقرأه مارك وقال للسيدة كاثرين:

اسمها روزا إيلينا وهي صينية، فكيف وصلت إلى هنا.

فسألها وقال لها:

كيف جئت إلى هنا؟

فقالت:

مع أمي الشجرة.

ضحك مارك وقال للسيدة كاثرين:

أظن أن هذه الفتاة مليئة بالأعاجيب والقصص والحكايات، أظن باك سوف تحظي بالكثير من التسلية معها.

ثم غادر المطبخ وصعد السلالم متجها إلى غرفته بالطابق العلوي.

أصبحت السيدة كاثرين تنادي الفتاة باسميها روزا إيلينا، ولكن الفتاة طلبت منها أن لا تناديها إيلينا فقط وقد بدأت تنطق بعض الكلمات ولم تكن خرساء.

أخذتها السيدة كاثرين إلى غرفة بالطابق العلوي، وأخبرتها بأن هذه الغرفة هي غرفتها منذ الآن.

أدخلتها إلى الحمام وجهزته لها وأحضرت لها ثيابا نظيفة.

أغرمت الفتاة بالسرير الدافئ فغطت في نوم مريح لمدة ساعتين، ونزلت بعدها إلى الطابق السفلي حيث كانت

السيدة كاثرين قد جهزت طعام العشاء، ولكن الشاب لم ينزل بعد.

رحبت بها السيدة كاثرين وأخبرتها بأن عدد الصحون أربعة، لأنه يوجد رجل آخر يعيش في البيت معهم بالإضافة إلى مارك.

في تلك اللحظة نزل مارك وجلس إلى المائدة والفتاة وفاجأه الرجل الآخر وهو يصرخ ويصبح ويده تنزل منها الدماء، وأخبرهم بأن كلبا مسعورا قد عضه في يده.

عمت الفوضى المكان فسارع مارك لطلب الإسعاف، وذهبت كاثرين لكي تحضر له كوبًا من الماء وعندما عادت وجدت بأن الفتاة قد عضته هي الأخرى.

فتفاجأت من ردة فعلها وكذلك مارك، وعندما وصلت سيارة الإسعاف أخبرهم الرجل بأنه يشعر بتحسن ولكن تم أخذه إلى المستشفى.

كتم الجميع ما حدث أي الفتاة والعضة التي عضت الرجل، وبعد ذهاب سيارة الإسعاف سألتها السيدة كاثرين عن سبب تصرفها فقالت:

هكذا أحسن والرجل كان يردد أنا أحسن.

بعد ذلك عاد مارك من المستشفى وأخبرها بأنه سوف يرجع إلى البيت غدا، وبأن الأطباء قالوا بأنه بخير ولا يوجد اثر لعظة الكلب مسعور.

إلا أنه هناك أثر الأسنان وأيضا أسنان إنسان، ولكن الرجل أنكر إن كان أحدا قد قام بعضه وأخفى الأمر عن الأطباء، لأنه شعر بالتحسن بعد عضة الفتاة وشعر بأنها كانت تقدم له يد العون.

عند عودة مارك إلى البيت كانت الفتاة قد خلدت للنوم، فتناقش هو والسيدة كاثرين في أمرها اذ كانت السيدة كاثرين مرعبة مما حدث، وخائفة من أن تكون قد تسرعت في إحضار الفتاة إلى بيتها.

ولكن مارك لم تكن لديه نفس ردة العلل أنه رأى بأن الرجل قد تحسن بعد أن قامت إيلينا بعضه.

كما أن الطبيب لم يجد أي تسمم في جسمه بعد إجراء التحاليل له، وكانوا مندهشين من حالته.

واخبرها مارك بأن إيلينا من المحتمل أن تكون قد قصدت المساعدة، فأخبرته السيدة كاثرين عما فعلته سابقا في الحديقة.

كان مارك منذ البداية يشك في أمر الفتاة فقد استغرب شكلها واسمها، وكل قصتها كما انه اعتقد بأن اسمها قد مر عليه سابقا ولكن بعد العضة تلك ربط بعض المواضيع ببعضها فدخل مسرعا إلى غرفته ليجري بعض الأبحاث، لعله يفهم الموضوع ويوصل النقاط ببعضها.

كان قد قرأ ذات مرة عن العلاج بالعض، والذي يعتبر أسطورة صينية، وقد تم ذكرها على أنها كانت حقيقة في القديم ولكنه لم يكن يؤمن بها أو يصدقها.

وبعد أن سهر كل الليل يبحث عما كان قد قرأه يوما وجد بعض الخيوط، وجد أصل الفتاة وانه كان هناك عائلة وتم قتلها.

وإنهم كانت لديهم طفلة رضيعة بنفس اسم الفتاة، ولكن ذلك الأمر لا يعقل فالطفلة كانت رضيعة، وأيضا هذه العائلة كانت موجودة قبل مئات السنين، فكذب نفسه وأرد أن يكتشف حقيقة ما تفعله تلك الفتاة.

في اليوم التالي قام صباحا رغم أنه لم ينم وتوجه إلى المطبخ، فوجد الفتاة مستيقظة فوجه لها بعض الأسئلة سألها إن كانت البارحة قد قصدت المساعدة بما فعلته، فأجابته .. بنعم..

ثم سألها:

إن كنت تعرفين ما تفعلينه؟

فأجابت:

نعم..

ثم سألها :

إن كانت تستطيع مساعدة آخرين

فأجابت:

بنعم..

قرر مارك أن يحضر إلى البيت ببعض الأشخاص المرضى، لكي يرى إن كانت قادرة على مساعدتهم

بعد أن قصّ على السيدة كاثرين قصّة التداوي بالعض المذكورة في الصين قديما.

تفاجأت السيدة كاثرين لكنها وافقت على ما يفعله مارك، لأنها رأت بأنه متحمس جدا وكان يريد أن يفيد البشرية.

لم يجد مارك من يتطوع للعلاج، ولكنه وبعد فشله في البحث عن حالات تذكر شارعا كان به الكثير من المتشردين فقرر التوجه إلى هناك.

لم يرض البعض من المتشردين الذين اعتبروا كلامه كذبًا، وبأنه سوف يجعلهم بمثابة فئران تجارب، بينما رحب البعض بالفكرة مقابل وجبة طعام بينما تعلق البعض ببصيص الأمل للتخلص من الألم والمعاناة.

اختار مارك مجموعة من الرجال منهم من كان على شفير الموت وعاد بهم إلى بيت السيدة كاثرين التي

رحبت بهم لأجل مارك، وقدمت لهم الطعام كما وعدهم.

دخل الأشخاص فقدمهم إلى روزا إيلينا وطلب منها معالجتهم لأنهم جميعا يعانون من مرض ما، كان منهم من يعلم علته ومنهم من يجعلها، أما مارك فقد احضر الكاميرا لكي يوثق ما يحصل، وكان يكتب على دفتره بعض الملاحظات.

نظرت روزا إيلينا إلى الأشخاص نظرة تفحصية، ثم اختارت أحدهم ودفعت البقية وراء الباب لكي يفسحوا لها المجال للتعامل معه، بينما كان بعضهم في المطبخ غير أبهين بالعلاج بل مهتمين بالطعام الذي على الطاولة والذي كانت السيدة كاثرين تعده وتقدمه لهم.

سأل مارك روزا إيلينا عن سبب اختيارها لذلك الشخص بالذات، لكي يعرف معايير انتقاءها.

فقال لها:

هل هذا أسهل علاجا بالنسبة لك هل هو الأقل مرضا؟

فهزت رأسها وأومأت بإشارة تعني النفي أي أنها
تقول:

لا ..

فعاد وسألها عكس السؤال وقال:

إذن.. هل هذا حالته الأكثر خطورة؟

فأومأت بإشارة تعني قولها نعم..

طلبت منه المغادرة أو على الأقل البقاء بعيدا لمسافة
هي حددتها، فقد استمرت في دفع مارك إلى الوراء
لمسافة محددة.

عادت إلى الوراء وجلست، أغمضت عينيها وبدت
وكأنها تدرس ذلك الرجل، وكأنها تحاول دراسة حالته.

ولكنها قبل أن تجلس جردته من بعض ملابسه لكي
تبقى أطرافه عارية.

وبعد برهة من الزمن، قامت من مكانها وأخذت ساق الرجل وقام بعضه حتى صاح من الألم.

وقال بعدها أنه يشعر بأنه بحالة جيدة.

وهكذا استمرت روزا إيلينا في فعل ما تفعله حتى عالجت كل أولئك الرجال، الذين غادروا وكأنهم أصبحوا في سن أصغر وبحالة جسدية متغيّرة للأفضل بشكل واضح.

كان بينهم رجل واحد الذي لديه تحاليل يحملها معه، وقد كان يتجول من مستشفى إلى آخر طلبا للعلاج، ولكنه لم يكن يمتلك مالا بل والكثير من الأطباء قالوا له بأنه سوف يموت.

طلب مارك من هذا الرجل بعد أن عالجته روزا إيلينا إلى مخبر له صديق يعمل هناك لكي يجري له التحاليل وعلى حسابه.

بعد أن ظهرت التحاليل، تبين بأن المرض قد اختفى من جسد الرجل وأنه أصبح بحال جيدة.

شعر صديق مارك بالفضول، وعندما سال مارك عن الأمر أخبره بكل القصة، وطلب منه أن لا يخبر أحدا.

كان صديق مارك فضوليا فذهب مع مارك إلى بيته، لكي يرى الفتاة وقد شاهد بنفسه ذلك الفيديو الذي سجله لها مارك.

وبعد يومين التقى صديق مارك بحبيته التي كانت تعمل في شركة للأدوية، كانت الشركة متخصصة في إنتاج أدوية الأمراض المستعصية.

وعندما سمعت الخبر لم تصدق كلام صديقها حتى أنه قام بزيارة مارك مرة أخرى، وفي هذه المرة صور بهاتفه بعض المشاهد التي كان مارك قد التقطها لرزوا إيلينا، وهي تعالج المتشردين لكي يعرضها على حبيبته ويثبت لها صحة كلامه.

كان مارك يقوم بالكثير من الأبحاث لكي يخرج بنتائج علمية للعالم، ولكي يظهر إيلينا على أنها طفرة في علاج الأمراض المزمنة والمستعصية.

ولكنه كان خائف عليها قليلا من أن تأخذها الدولة منه لكي يجروا عليها تجارب، ولكي يكتشفوا سرها في العلاج وما الذي بأسنانها.

فقد كانت الفتاة رقيقة، رغم قوتها فكان يفكر ويفكر مرتين قبل أن يقدم على أي تصرف.

ولكن حبيبة صديقه سبقته لإعلان الخبر ولكن ليس للإعلام، بل توجهت إلى صاحب الشركة والمدير التنفيذي لكي تخبرهم بالأمر، فتنال علاوة على عملها

غير الأخلاقي هذا، لأنها تعلم بأن صاحب الشركة قادر علي فعل أي شيء ضد منافسيه في السوق.

واعتبرت هي مارك وفتاته منافسين لصاحب الشركة بل اعتبرتهما أقوى منه، وسوف يخلصون العالم من الأمراض ويقضون على عليه هو وشركته.

في تلك الأثناء اتصل مارك ببروفيسور يقوم بتطوير علاج للسرطان، وقد كان لديه حافز لإيجاد العلاج وكان يظهر على شاشات التلفاز وكان يقول:

ابنتي مصابة بهذا المرض.. وأنا كذلك..

وأنا لدي أمل بإيجاد علاج ولكن المشكلة الوحيدة التي أمامنا هي الوقت، يلزمنا وقت أطول لتطوير العلاج، ولكن حالتي الصحية سيئة والمرض لا يترك لي وقتا كافيا.

لدي الكثير من التلاميذ والمساعدين، لعلني إذا غبت وجدوا العلاج بدلا عني وربما أنقذوا ابنتي اذا لم أتمكن أنا من انقاذها.

اتصل مارك بهذا البروفيسور، وبعد طول شرح عن مدى أهمية ما يريد مقابلته لأجله لأن مارك لم يكن يريد أن يذكر الأمر على الهاتف، وافق البروفيسور على مقابلته.

زار مارك الذي أخذ معه روزا إيلينا والسيدة كاثرين البروفيسور في بيته، وأخذ له كل التسجيلات والدراسة والبحث الذي أجراه على الموضوع.

تفاجا البروفيسور كثيرا فتقدم إلى روزا إيلينا لكي تعالجه، وبعد أن تأكد من أنها فعلت أمرا ايجابيا قدم لها ابنته المقعد والمصابة بالمرض.

وبعد أن درست جسدها طلبت من مارك أن يضعها على الأرض، وقامت بعضها في كل أطرافها وفي كل منطقة من جسدها.

تحسنت البنت من فورها بل وقامت على رجليها اللتان لم تقف عليها كل حياتها.

شعر البروفيسور بالامتنان لمارك كثيرا لمساعدتهما، وأخبره بأن يتكتم عن الأمر لأن روزا إيلينا لن تتمكن من علاج كل المرضى بالعالم لوحدها، وأخبره بأنه سوف يجد علاجا للسرطان.

ثم أخبره بأنه سوف يخضع روزا إيلينا بعد موافقتهما لإجراء بعض التحاليل، ربّما ساعدت في ظهور علاجات أخرى.

ويجب دراسة طريقة معالجتها للأمراض، فإن كانت علما تعلمنا رغم أن الأسطورة تقول بأن هذه الطريقة هي هبة متوارثة.

في طريق العودة وبينما مارك وروزا إيلينا عائدان إلى البيت، وقد افترقا مع السيدة كاثرين التي قررت الذهاب إلى السوق توقفت شاحنة رباعية الدفع واختطفتهما.

من اختطفهما كان صاحب شركة الأدوية الذي اعتبرهما خطرا عليه، قام بقتل مارك واحرق كل تلك الملفات التي كان يحملها وطلب من إيلينا أن تعالج شريكه، لكنها عضته حتى أخذت قضمة من رقبته فمات.

قام صاحب الشركة بسجنها وتعذيبها لكي تقر وتخبرهم بالسر ولكنها لم تقل شيئا، لذا قرر أن يقتل لها أسنانها ويجري عليها بعض التجارب فقتلت كل الأطباء والحرس وهربت من ذلك المخبر ومشت حافية القدمين حتى وصلت إلى الحديقة ليلا، فدخلت، وذهبت إلى الشجرة وهي تبكي وتقطر دما.

واحتضنت الشجرة حتى غاصت في جذعها ولم تظهر أبدا.

بلغت السيدة كاثرين عن اختفاء مارك وإيلينا، ولكن لم يظهر عنهما خبر أبدا.

وبعد مرور ستة أشهر ظهر البروفيسور الذي علم باختفاء مارك، وعرف بأنه أمر مدبّر على شاشة التلفاز، وأعلن عن اكتشافه لعلاج السرطان، وسوف تطوره إحدى الشركات وتوفره في الأسواق قريبا.

أما صاحب شركة الأدوية فقد أفلس بعد ذلك مما أدى إلى اكتئابه فانتحر.

وكان الفضل لإيلينا التي ساعدت البروفيسور، لكي يعيش أكثر ويكتشف علاج ذلك المرض، وتخلص الكثير من الناس من الآلام.